El gran trabajo de Rosa

Rosa's Very Big Job

por/By
ELLEN MAYER

Ilustrado por /Illustrated by
SARAH VONTHRON-LAVER

STAR BRIGHT BOOKS
CAMBRIDGE MASSACHUSETTS

D1362047

The name Star Bright Books and the Star Bright Books logo are registered trademarks
of Star Bright Books, Inc. The name Small Talk Books® is a registered trademark of Star
Bright Books and Ellen Mayer.
Please visit: www.starbrightbooks.com.
For bulk orders, please email: orders@starbrightbooks.com,
or call customer service at: (617) 354-1300.

Translated by Eida Del Risco.

Spanish/English paperback ISBN-13: 978-1-59572-850-0
Star Bright Books / MA / 00103190
Printed in Atlanta, Georgia / TOPPAN / 9 8 7 6 5 4 3 2 1

Library of Congress Cataloging-in-Publication Data is available.

A Jenny, a quien le gusta ayudar —EM

A mi encantadora familia, cercana y lejana, que siempre ha creído en mí —SVL

To Jenny, who loved to help —EM

To my lovely family near and far who have always believed in me! —SVL

Rosa era pequeña, pero sabía
que podía ayudar.

Rosa was little, but she knew
she could help.

Era demasiado pequeña para ir de compras. Eso es lo que su mamá iba a hacer.

She was too little to shop for groceries. That's what Mama was going to do.

Era demasiado pequeña para preparar la cena. Eso es lo que su mamá iba a hacer cuando regresara a casa.

Pero, tal vez... ¡podría ayudar con la ropa recién lavada!

She was too little to cook the dinner. That's what Mama would do later when she came home.

But maybe . . . she could help with the laundry!

—Quiero sorprender a mi mamá —le dijo Rosa a su abuelo—. Quiero guardar la ropa limpia. ¡Por favor, abuelo, ayúdame!

—Eso es mucho —respondió el abuelo—. Sobre todo, si queremos hacerlo antes de que tu mamá regrese con las compras.

—¡Vamos, abuelo!
Ponte de pie —dijo Rosa.

"I want to surprise Mama," Rosa said to Grandpa.
"I want to put the laundry away. Please help me, Grandpa!"

"That's a lot to do," answered Grandpa. "Especially before Mama gets home from shopping."

"Come on, Grandpa! Get up," said Rosa.

—Es difícil levantar estas enormes pilas —suspiró el abuelo.

—Ten cuidado —le advirtió Rosa—. Se te cayó la sábana.

"It's difficult to carry these enormous piles," sighed Grandpa.

"Be careful," warned Rosa. "You dropped the sheet."

—Es difícil mantener esta ropa doblada —se quejó el abuelo.

—Sé ordenado —dijo Rosa—. Como yo.

"It's difficult to keep these clothes folded," complained Grandpa.

"Be neat," said Rosa.
"Like me."

—Es difícil evitar que esta chaqueta se mantenga en la percha —dijo el abuelo.

—Súbele el zíper —le explicó Rosa—. Así se queda en su lugar.

"It's difficult to keep this jacket from sliding off the hanger," said Grandpa.

"Zip it up," explained Rosa.
"Then it stays on."

—¡Excelente trabajo! —suspiró el abuelo—. Eres fantástica guardando la ropa, Rosa. Yo estoy exhausto.

—Espera —dijo Rosa—. No hemos terminado.

"Wonderful work!" sighed Grandpa. "You are terrific at doing laundry, Rosa. And I am exhausted."

"Wait," said Rosa. "We are not done yet."

—¡Vamos, abuelo! Sube al barco —exclamó Rosa—. Ayúdame a navegar de regreso hasta allí.

"Come on, Grandpa! Get in the boat," cried Rosa. "Help me sail back to there."

—¡Es difícil navegar alrededor de esta roca enorme! —dijo el abuelo.

—Ten cuidado —le advirtió Rosa.

"It's difficult to sail around this enormous rock!" said Grandpa.

"Be careful," warned Rosa.

—¡Es difícil navegar sobre esta enorme ola! — dijo el abuelo.

—No vuelques el barco —le advirtió Rosa.

"It's difficult to sail over this enormous wave!" said Grandpa.

"Don't tip over," warned Rosa.

—¡Cuidado! ¡Se acerca una peligrosa tormenta! — exclamó el abuelo—. No puedo sostener la vela con este viento tan fuerte.

—Agárrala con fuerza —ordenó Rosa—. Usa las dos manos.

"Watch out, there's a dangerous storm ahead!" shouted Grandpa. "I can't hold the sail in this strong wind."

"Hold tight," ordered Rosa. "Use both hands."

—Vaya —suspiró el abuelo—. Menos mal que terminó. Ese sí que fue un viaje peligroso, Rosa.

"Phew," sighed Grandpa. "I'm glad that's over. That sure was a dangerous trip, Rosa."

—Espera —dijo Rosa—. No hemos terminado.

"Wait," said Rosa.
"We are not done yet."

—Ayúdame a atrapar ese pez enorme —dijo Rosa.

"Help me catch that enormous fish," said Rosa.

—Necesitas una vara de pescar para atraparlo —respondió el abuelo.

"You'll need a fishing rod to catch that fish," replied Grandpa.

—Es difícil atraparlo —exclamó Rosa.

"It's difficult to catch this fish!" cried Rosa.

—¡Llegué! —exclamó la mamá.

"I'm home!" called Mama.

—¡Atrapa ese pez! —susurró el abuelo—.
Oí a tu mamá abrir la puerta.

—¡Gracias, abuelo! — también susurró Rosa.

"Catch that fish!" whispered Grandpa.
"I hear Mama at the door."

"Thank you, Grandpa!"
whispered back Rosa.

—¡Cielos! —dijo la mamá—.
¿Dónde está la ropa limpia?

"Oh my," said Mama,
"Where is all the laundry?"

—¡SORPRESA, MAMÁ! —exclamó Rosa—. Guardamos toda la ropa. Fue un gran trabajo. Cargamos pilas enormes. A abuelo se le cayeron cosas y yo las recogí. Fue muy difícil para abuelo. Estaba exhausto. Pero yo no. ¡Yo soy fantástica guardando la ropa!

"SURPRISE, MAMA!" called Rosa. "We put all the laundry away. It was a very big job. We carried enormous piles. Grandpa dropped things. And I picked them up. It was very difficult for Grandpa. He got exhausted. But not me. I am terrific at laundry!"

—Eres una ayudante fantástica, Rosa —dijo la mamá—. ¡Y una niña muy grande! Muchas gracias por guardar la ropa.

"You are a terrific helper, Rosa," said Mama. "And a very big girl! Thank you so much for putting the laundry away."

—Y hay otra sorpresa, mamá —dijo Rosa—. Fue muy peligroso...

"And there's another surprise, Mama," said Rosa. "It was very dangerous . . . "

¡pero atrapamos un pez para la cena!

". . . but we caught a fish for dinner!"

Una nota para los padres, abuelos y educadores

A los niños pequeños les encantan las palabras largas. Los adultos pueden introducirlas en sus conversaciones con niños de edad preescolar. El abuelo usa algunas palabras largas cuando habla con Rosa: *difícil, enorme, fantástica,* y *exhausto.* Las usa de modo que resulten fáciles de comprender, mientras los dos se divierten guardando la ropa y, después, jugando.

Mientras más le hables a tu hijo o hija, más desarrollará su lenguaje. Las conversaciones divertidas con los niños ayudan a que desarrollen su vocabulario, memoria, imaginación y confianza en sí mismos. Tener un vocabulario rico y haber escuchado muchos cuentos —en inglés o en el idioma que se hable en la casa— facilitan el aprendizaje de la lectura y la adaptación a la escuela.

—**Dr. Betty Bardige,** experta en desarrollo del lenguaje y la lectura en niños pequeños

A Note for Parents, Grandparents and Caregivers

Young children love big words. And adults can introduce big words when they talk with preschoolers. Grandpa uses some big words as he plays with little Rosa—*difficult, enormous, terrific, exhausted* and *dangerous.* He uses these big words in ways that are easy to understand, as the two of them have fun doing a chore.

The more you talk with young children, the faster their language grows. Your playful conversations help build the child's vocabulary, imagination, and self-confidence. A rich vocabulary and lots of experience with storytelling—in English or in a child's home language—make it easier to learn to read and to adjust to school.

—**Dr. Betty Bardige,** expert on young children's language and literacy development